ÉPÎTRE

A L'AUTEUR

DE

LA PETITE VILLE,

PAR UN POETE DE PROVINCE.

Epître à l'auteur de la Petite Ville (145.d

Il y a là une erreur. Alphonse
Blondeau est un pseudonyme
qui est dans le titre
Le véritable auteur est Armand
Charlemagne selon le catalogue
Lalande, V. 543

note de M. Gustave Brunet.

ÉPÎTRE

A L'AUTEUR

DE LA PETITE VILLE,

PAR UN POÈTE DE PROVINCE,

(Alphonse Blondeau, des Lycées de Meaux, Senlis, Coulommiers, Gonesse, Villers-Cotterets, et autres Sociétés littéraires des départemens de Seine-et-Oise, Seine-et-Marne, etc.....) (1)

Suivie de Notes, pour faciliter l'intelligence du texte, à ceux qui ont besoin de commentaires.

» Sifflez-moi librement : je vous le rends, mon frère.)

A MEAUX,

Et se trouve à Paris,

Chez DENTU, Imprimeur-Libraire, Palais du Tribunat, galeries de bois, n.° 240.

AN IX. (1801.)

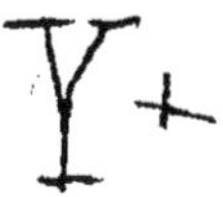

ÉPÎTRE

A L'AUTEUR

DE

LA PETITE VILLE,

PAR UN POÈTE DE PROVINCE.

Vous composez en prose, en vers,
Quatre ou cinq actes par décade :
Par fois je donne à l'univers
Mon madrigal, ou ma charade,
Et quand à Paris les journaux
Du monde entier vous font connaître,
Sans me flatter, j'ai l'honneur d'être
Fameux dans la feuille de Meaux. (2)

La gloire usera sa trompette
A proclamer tous vos succès......
Brisons : de poëte à poëte ,
On ne doit s'aduler jamais :
Assez d'autres de vos confrères ,
Pour chatouiller le directeur ,
Dans vos arênes littéraires ,
Sont les chevaliers de l'auteur. (3)
Et puis , tenez... (je suis sincère)
Vous m'avez mis en grand courroux :
Vous vous êtes moqué de nous
D'une façon trop cavalière ;
Vous nous avez immolé tous
Au rire sanglant du parterre.
C'est un scandale, une rumeur.....!
Ici l'habitant le plus mince
Charge d'anathêmes l'auteur
Qui raille à Paris la province.
Celui qui vous en avertit ,
Partageant la haine commune ,
Plus qu'un autre a de la rancune ,
En qualité de bel esprit.

Eh ! mais, vraiment ! dans nos formules,
Dans nos façons, dans nos habits,
Sommes-nous donc, à votre avis,
Exclusivement ridicules ?
Un chicaneur, un peu pédant,
Un bel esprit, presqu'imbécille,
Une honesta, plus que nubile,
Qui veut encor faire l'enfant ;
Une petite Agnès, bien sotte,
Que sa maman veut marier ;
Des oisifs, que l'ennui ballotte,
Qui, dans leur cercle familier,
Continueraient à s'ennuyer,
Si ne survenait la bouillotte.... (4)
Sont-ce là des originaux
D'une espèce particulière ?
Eh ! mon Dieu ! ces gens là, confrère,
Se trouvent par-tout comme à Meaux.
Individus, bons à connaître,
Pour les éviter à tout prix,
A Meaux ils sont rares, peut-être,
Et font fourmilière à Paris.

Ce qu'en province on ne voit guère,
C'est une grande *virago*,
Qui court, comme une aventurière,
Sur les traces d'un damoiseau.
Votre parisienne aguerrie
Ne regarde point à cela : (5)
Nous avons la bizarrerie
De n'aimer point ces façons là ;
Nous respectons la bienséance,
Dans notre originalité,
Et nos femmes, en vérité,
Gothiques jusqu'à la décence,
Sont bien de leur antiquité.

Malgré le persifflage honnête,
Dont vous voulez nous terrasser,
En province on n'est pas si bête
Que vous le donnez à penser.

Tout provinciaux que nous sommes,
Ici nous avons nos auteurs,
Que leurs convives amateurs
Traitent quelquefois de grands hommes.

Ils font déjà le calembourg,
Le logogriphe et l'élégie;
A quatre, ils vont, au premier jour,
Nous donner une comédie.
La Petite Ville de Meaux,
(Je vous le dis de façon franche)
Confrère, a ses petits treteaux,
Où nous prendrons notre revanche.
Repoussons les hostilités,
Le civisme nous le commande :
Si vous avez, dans vos gaîtés,
Berné les petites cités,
Croyez qu'on peut jouer *la Grande*.
On nous promet de grands tableaux,
De bons travers recommandables,
Des ridicules admirables,
Et de charmans originaux,
Qui, dans Paris, très-respectables,
Pourront paroître un peu *sifflables* (6)
A nos malins provinciaux.
Chez nous on est un peu copie :
A Paris, ils crèvent les yeux

Les modèles, les merveilleux,
Bien bons à mettre en comédie :
Vos impromptus Amphitrions,
Qui font si bien que l'on oublie,
A leurs dîners toujours fort bons,
Qu'ils sont mauvaise compagnie ; (7)
Et leurs dames, au ton hautain,
Qui, par *memento* de famille,
S'expriment *au quartier d'Antin*
Comme on s'énonce *à la Courtille* : (8)
Cet Adonis, en grand crédit,
Revêtu d'un extrait d'habit,
Et qui porte au cou des serviettes ;
Du goût cet autre directeur,
Petit vieillard, encor mineur,
Qui n'y verrait pas sans lunettes ; (9)
Romaine d'un de vos faubourgs,
Chloé, bravant la calomnie,
Qui de la chaste *Virginie*
A renouvelé les atours ; (10)
Tandis que Laure, plus éprise
De la vieille simplicité,

Se montre *en Vénus Aphrodise* ; (11)
Par amour de l'antiquité :
Et ces fortunés sybarites,
Actifs dans leur oisiveté,
Oisifs dans leur activité,
Qui, s'ils n'étaient point parasites,
Seraient constans en nullité ;
Qui du plaisir, qui les ennuie,
Font un travail essentiel,
Et coulent tristement leur vie
Dans un bonheur perpétuel ;
Délibèrent la matinée
Comment ils perdront la journée,
Et, pour plan d'affaires suivi,
Dandinant leurs douces personnes ;
Vont aux jardins de *Tivoli*,
Porter leurs grâces monotones,
Ou les reposer chez *Garchi* ; (12)
Ou, si la mode les y mène,
Bâiller à l'opéra nouveau, (13)
Bâiller aux jeux de Melpomène, (14)
Bâiller à l'*Oratorio* ; (15)

Mais, amateurs du bon comique,
Ne trouver rien de magnifique
Comme monsieur *Forioso*. (16)
Sur nos treteaux, faute d'espace,
On ne pourra groupper qu'en masse,
Comme des ombres de tableau,
Vos précieux, vos nécessaires,
Vos gens affairés sans affaires,
Ceux qui regardent couler l'eau ; (17)
Vos gobe-mouches nouvellistes, (18)
Vos inutiles importans, (19)
Vos médiocres et rampans, (20)
Vos écrivains cléppédistes, (21)
Vos beaux esprits, un peu pédans, (22)
Vos satyriques innocens, (23)
Et vos anodins libellistes ; (24)
Vos........ (25) en cabriolets,
Vos docteurs lancés dans les vivres, (26)
Et vos dames qui font des livres,
Quand leurs époux font des bonnets. (27)
Mais ce qu'en scène on désespère
Pouvoir montrer avec succès,

Faute de traits de caractère
Qu'on ne saisira bien jamais,
C'est cette espèce moutonnière
Qui marche, sommeille et digère,
Gravement sans penser à rien, (28)
Enfans mineurs, qu'à la lisière
On devrait tenir pour leur bien ;
Dont l'inconstance routinière
Change d'esprit, d'opinion,
De saint, d'autel et de bannière,
Comme le veut l'occasion ;
Qu'un rien endort, qu'un rien réveille,
Qui portent leur dilection
A l'idole qu'on leur conseille,
Et prodiguent à l'histrion,
Au fabricant de chansonnettes,
Aux héros, aux marionnettes,
Leur bannale admiration ;
Badauds de Dieu, qu'il mit au monde
Dans sa bénignité profonde,
Pour vivre et mourir innocens,
Essentiellement crédules,

Dupes de tous les charlatans,
Dont ils avalent les pillules. (29)
Ce monde là figurera,
En attitude assez comique,
Dans notre lanterne magique,
Et tout Paris y dansera.
Or, à nos dépens, *quoi qu'on die*, (30)
Messieurs de la grande cité,
Donnez-vous bien la comédie !
Grand bien vous fasse, en vérité;
Car dans ce monde il faut qu'on rie.
Livrons-nous avec bonhommie,
Sans fiel et sans méchanceté,
Un assaut de plaisanterie;
Rien n'est meilleur pour la santé.
Dans ces escarmouches légères,
Poussons et ripostons gaîment :
Enfin, *sifflez-nous librement*,
Nous vous le rendrons bien, mes frères.

FIN.

NOTES.

(1) Ce n'est pas que dans les grandes villes qu'on trouve des lycées et des athénées. Nous avons à Meaux, à Senlis, à Gonesse, à Coulommiers, à Villers-Cotterets et autres villes circonvoisines, de pareilles réunions littéraires. On n'y reçoit pas indistinctement et sans titres : il faut, pour y être admis, avoir toutes les qualités, et fournir toutes les preuves qu'on exige, *rue du Hazard*, des candidats qui se présentent pour être *du Lycée de Paris;* c'est-à-dire, savoir lire et écrire assez correctement, et pouvoir montrer son nom imprimé en toutes lettres, au bas d'un distique ou d'un quatrain.

(2) Il s'imprime à Meaux, un journal où, après l'annonce du prix des fromages et des vins de Brie, des biens à vendre et des chiens perdus, on insère quelquefois des énigmes, des logogriphes, des chansonnettes, de petits madrigaux, des acrostiches et autres morceaux de littérature. Ce journal en vaut un autre. Il est aussi répandu et presque aussi bien rédigé que le défunt *Mois* de M. Lachabeaussière, et *les Petites Affiches*, encore vivantes, du citoyen Brunot, auteur de Cœlina, et membre du Lycée de Paris, comme le sait tout l'univers.

(3) Quelques scènes *de la Petite Ville*, ont fait éclore des critiques qui ont donné lieu à des réponses qu'on n'a pas laissé passer sans la réplique, qu'il a bien

fallu réfuter encore... et... on a plus imprimé dans les journaux sur la *Petite Ville*, que pour et contre la vaccine. *Picard* a été chaudement servi par ses amis : c'est tout simple. Je ne parlerais point de cela, si.... mais je ne suis qu'un provincial, et je ne fais point de comédies.

(4) A propos de bouillotte, nous ne nous cavons encore à Meaux que du petit écu ; mais nous commençons à nous mettre à la mode de Paris, en faisant *Charlemagne*.

(5) Sur le compte que nous a rendu de la comédie de Picard, un citadin de Meaux qui, dans son dernier voyage à Paris, a, par occasion, assisté à une des représentations *de la Petite Ville*, l'escapade de madame Belmont, un des personnages de la pièce, a paru un peu scandaleusement immorale aux bonnes gens *de notre endroit*. Elle court la prétentaine pour rejoindre un amant fugitif : elle est sans préjugés, la belle dame ; aussi est-elle de Paris. Nos femmes de province ne sont pas encore de cette force-là.

(6) Un de mes concitoyens, homme d'esprit, puisqu'il est de quelques-unes des sociétés littéraires départementales dont j'ai l'honneur d'être membre, m'objecte que le mot *sifflable* n'est pas français. Je conviens qu'il ne se trouve ni dans Boudot, ni dans Richelet ; mais par la raison qu'on appelle *respectable* un homme à respecter et qu'on ne respecte pas toujours, il me semble qu'on peut traiter de *sifflable* une pièce de théâtre qui mérite-

rait d'être sifflée, et que néanmoins on applaudit. On conviendra qu'il y en a plus d'une dans ce cas, soit dit sans épigramme. Je recommande le mot *sifflable* aux membres de l'Institut national, occupés à refondre, rectifier, et augmenter l'ancien dictionnaire de l'Académie française.

(7) On a dit de ces bonnes gens-là tout ce qu'on pouvait en dire ; mais que leur importe ?

« *Populus me sibilat; at mihi plaudo,*
« *Ipse domi, simul ac nummos contemplor in arcâ.*

Ils prendront cela pour de l'hébreu ; ce n'est pourtant que du latin. En voici la traduction, ou plutôt la prolixe paraphrase, par Boileau, qui n'était pas tout-à-fait si léger dans ses plaisanteries, qu'Horace son maître et son modèle, quoique l'Institut national ait proposé son éloge au concours.

« Peu m'importe par-tout qu'on me traite d'infâme,
« Dit ce fourbe sans foi, sans honneur et sans ame.
« Dans mon coffre, tout plein de rares qualités,
« J'ai cent mille vertus en louis bien comptés.

(8) « Une femme très-bien mise, ayant au cou deux « ou trois rangs de chaînes d'or, et des diamans à tous « les doigts, était hier à l'orchestre de l'Opéra. Un « homme de sa connaissance arrive plus tard : c'était « son amant ou son époux, je ne sais lequel ; mais elle « lui fait signe, et le place à côté d'elle. *Mets-toi zi, et* « *je serons bien là* ».

Cette anecdote est consignée dans un des derniers numéros du Publiciste.

« *Si j'avions sorti de meilleure heure, j'aurions été* « *plus loin, et j'aurions fait nos bamboches* ».

C'était en ces termes que s'exprimait une belle dame ; elle rayonnait de parure et d'opulence, et descendait d'une voiture superbe au retour de Longchamps.

« On sortait de table ; on passait au salon. *Citoyen* « *M...., vous nous avez fait faire un fier fricot*, « disait Madame *** ; mais l'époux de Madame *** « interrompant la conversation : *Citoyen M*** excusez* « *ma bête de femme ; elle n'a pas plus d'esprit que* « *mon c....* »

Pardon, Mesdames ; je n'invente pas. Je ne suis qu'historien.

(9) Nous autres provinciaux, nous avons la simplicité de croire qu'un vêtement doit habiller celui qui le porte ; qu'une cravatte d'une ampleur démesurée est plus incommode encore que ridicule, et qu'il est inutile de porter des lunettes à vingt ans, quand on a de bons yeux.

(10) Les nymphes folâtres du culte de Vénus, sous le costume des pudiques prêtresses du temple de Vesta ! C'est une mascarade, une saturnale ; c'est fort plaisant. Nous n'avons, dans nos petites villes, qu'un mardi gras par an ; mais c'est toute l'année carnaval à Paris.

(11) Si cette bagatelle tombe entre les mains de

quelque belle parisienne de la Chaussée-d'Antin, il y a un billet de cinq cents livres de la caisse des comptes courans à parier contre un décime, qu'elle ne saura pas ce que peut signifier *Vénus Aphrodise*. Je l'engage à demander au premier bel esprit qui viendra dîner chez elle, quel costume portait la mère de l'amour, quand elle naquit du sein des ondes. Si elle se décide à en adopter un exactement pareil, pour peu qu'elle soit économe et qu'elle sache calculer, elle concevra qu'il n'est pas cher.

(12) Un provincial comme moi ne connaît ni Tivoli, où on se promène, ni Frascati, où Garchi vend des glaces, ni le pavillon d'Hanovre, où l'on danse; mais mon neveu, jeune parisien fort aimable et de l'extrêmement bon genre, m'écrit qu'il s'amuse dans ces séjours délicieux .... comme on ne s'amuse pas.

(13) C'est l'usage; mais on n'en convient pas.

(14) Il ne sera bientôt plus de mode d'aller bâiller chez Melpomène. *Montmorenci* a commencé cette révolution dans l'opinion. *Thésée* a singulièrement refroidi le petit nombre d'enthousiastes qui tenaient encore bon, et *Valdamir* les a glacé tout-à-fait.

(15) Les bonnes gens de la grande ville s'étaient portés en foule à l'Opéra pour y jouir du suprême bonheur d'entendre le divin *Oratorio*. Ils ont eu d'abord la satisfaction préliminaire de se lorgner les uns les autres

pendant cinq ou six petits quarts-d'heure. Enfin on a levé la toile; les accords mélodieux ont commencé, et bientôt toutes les bouches se sont ouvertes larges d'une aune, ou d'un mètre, comme on voudra, et il s'est exécuté dans la salle un unisson de bâillemens, chromatique au possible; et ceux qui composaient la brillante assemblée, ont avoué le lendemain qu'ils avaient eu bien du plaisir.

(16) Monsieur *Forioso*, le premier homme du monde pour l'équilibre et les sauts périlleux, a été pendant trois mois l'objet de l'admiration du beau monde de la grande ville, inconsolable de l'absence de ce grand homme.

(17) Que de gens, à Paris, *regardent couler l'eau !* Je ne sais si on devine ce que j'entends par là; mais j'en connais qui se sont occupés à la troubler, parce qu'on ne pêche jamais mieux qu'en *eau trouble*. Il en est d'autres qui ont voulu la traverser à la nage ou la passer en bateau. Quelques-uns se sont noyés; la barque des maladroits a chaviré. Les heureux ont abordé au rivage, où ils boivent.... *à la santé les uns des autres*. Ceux qui ont été les plus sages pendant l'espace des dix à douze dernières années du siècle qui vient de finir, sont ceux qui ont tout bonnement *regardé couler l'eau*.

(18) Ces Messieurs, infiniment utiles à l'État, comme l'on sait, tenaient autrefois leurs assises sous le fameux

arbre *de Cracovie*. Ils ont aujourd'hui plus d'un lieu de réunion : ils règlent les destinées de l'Europe, au salon de Girardin, palais du Tribunat, et autres cabinets dits littéraires, où l'on vend de la politique, de la littérature et des velléïtés de dormir, à trente centimes par séance, et cela n'est pas cher.

(19) Faiseurs de projets, donneurs d'avis, politiques de salons, guerriers de cabinet, diplomates de greniers! Que de moucherons pensent mener le coche, et ne font que bourdonner à l'oreille du conducteur?

(20) On assure que ces messieurs fourmillent à Paris cette année. Je ne sais quand on découvrira un autre moyen de parvenir; mais quest-ce que cela me fait à moi? Je n'ai point d'ambition. Je demeure à Meaux. Je fais des vers et je plante des choux.

Beatus ille qui procul negotiis... etc.

(21) On commence à savoir en province, qu'il existe à Paris une branche d'industrie nouvelle. Quand on a la fureur d'écrire, et l'impuissance de produire, on se met à juger les productions des autres. On analyse, ou dissèque les romans, les poëmes, et les mille et une bagatelles importantes qui sortent tous les matins des presses de Didot, Crapelet, et autres typographes. On fournit aux journaux des articles bénévoles, on classe les auteurs, on fait des réputations. Je ne sais si ces entrepreneurs là sont à tant par para-

graphe, au mois ou à l'année, et comment il est d'usage de leur témoigner sa reconnaissance, quand on les emploie; mais si tel que je connais, se contente de ce casuel, il doit, depuis qu'il juge, et qu'il analyse périodiquement, posséder en livres modernes, une bibliothèque de quelques centaines de volumes. Je n'y trouve point à redire. Sauve qui peut. *Il faut que tout le monde vive, bêtes et gens*, comme disoit feue ma nourrice.

(22) « Vous citez l'antiquité: on voit bien que vous « êtes de Meaux. Il s'est fait une révolution dans le « département de la littérature. On professe d'autres « principes. Nos auteurs ont abjuré l'amour-propre et « la pédanterie. Il n'est pas jusqu'à *Lachabeaussière* « et *Fayolle*, qui ne soient devenus modestes. » —— Bon Dieu! que m'apprenez-vous là? Le dix-neuvième siècle est celui des miracles.

(23) A Paris, depuis un an, les boutiques de libraires, et les échoppes de bouquinistes sont encombrées de prétendues satyres, dont les auteurs se sont donnés la peine de travestir en alexandrins à la glace, la prose brûlante des *Rivarol* et des *Richer-Serizi*. Tous ces criailleurs là ont le fiel de *Gacon*, et l'esprit de *l'abbé Cotin*. Des amis, des parasites, des co-sociétaires de Lycée, leur ont dit par charité qu'ils étaient des *Boileau*, et ils le croient...! Les pauvres gens!

(24) A Paris, quand on est exposé à mourir de faim,

et qu'on n'est absolument bon à la moindre besogne de quelqu'utilité, il reste encore la ressource de vivre de libelles. Demandez au libraire *Colnet*, ce que cela rapporte. Si quelqu'un de ses travailleurs en sous-ordre me fait l'honneur de mentionner cet opuscule, je le conjure d'avoir la bonté d'en dire beaucoup de mal, pour que j'en tire vanité, et que je me croie quelque chose.

(25) Je laisse au bout de ma plume, ceux que je voudrais désigner. Mais figurez-vous sur des chars de triomphe de ces individus qui allaient bravement *à pied* avant la révolution. . . . quand par hasard ils avaient des souliers.

(26). Un médecin qui fait des fournitures de bottes et de farine ! par exemple, voilà de ces choses qui feraient pâmer de rire nos bons aïeux, s'ils venaient à revivre. Au reste, il n'y a pas que des docteurs en médecine qui arrondissent leurs fortunes avec ce petit supplément d'industrie. Des personnages d'une toute autre importance. . . . . . Cette note est assez longue.

(27) Des femmes auteurs et des hommes marchandes de modes ! Ces messieurs devraient porter la jupe, et ces dames le pantalon.

(28) Ce petit vers est de Lafontaine. J'en préviens les hommes de lettres qui pourraient l'ignorer.

(29) Je suis persuadé que personne ne se reconnaîtra à ce portrait; cependant il n'est pas d'imagination.

(30) Conversation entre deux beaux esprits, à savoir moi, et un autre qui me vaut, à peu de chose près.

« *Quoi qu'on die !* Ah ! pour un bel esprit, un « membre des sociétés littéraires de Gonesse et Coulommiers ! — Eh ! mon cher confrère des Lycées de « Senlis et de Villers-Cotterets !

» Ah ! que ce *quoi qu'on die* est d'un goût admirable !
» C'est à mon sentiment un endroit impayable.

« — Cette locution est surannée. — Elle est dans Molière et dans Racine. — Mauvaises autorités ! Demandez aux faiseurs de tragédies et de comédies nouvelles. — Croyez-vous qu'il me serait difficile de substituer d'autres termes à *quoi qu'on die ?* — Substituez. — Non pas. Je laisserai *quoi qu'on die*, pour « donner aux sociétaires du Lycée de Paris, le petit « plaisir de persiffler un poëte de Meaux, qui parle « comme parlaient Molière, l'abbé Colin, le fou du « prince de Condé, le père Bourdaloue, Roquelaure et « Louis XIV.

» Ah ! s'il vous plaît, encore une fois *quoi qu'on die*.

FIN DES NOTES.

www.ingramcontent.com/pod-product-compliance
Ingram Content Group UK Ltd.
Pitfield, Milton Keynes, MK11 3LW, UK
UKHW020235180726
13838UKWH00005B/2395